花间物语

美月冷霜 著

第一辑

中国财富出版社有限公司

图书在版编目（CIP）数据

花间物语.第一辑/美月冷霜著.—北京：中国财富出版社有限公司，2022.7
ISBN 978-7-5047-7716-4

Ⅰ.①花… Ⅱ.①美… Ⅲ.①诗集—中国—当代 Ⅳ.① I227

中国版本图书馆 CIP 数据核字（2022）第 106548 号

| 策划编辑 | 朱亚宁 | 责任编辑 | 孙 勃 | 版权编辑 | 李 洋 |
| 责任印制 | 尚立业 | 责任校对 | 张营营 | 责任发行 | 杨恩磊 |

出版发行	中国财富出版社有限公司		
社　　址	北京市丰台区南四环西路 188 号 5 区 20 楼　邮政编码　100070		
电　　话	010-52227588 转 2098（发行部）	010-52227588 转 321（总编室）	
	010-52227566（24 小时读者服务）	010-52227588 转 305（质检部）	
网　　址	http://www.cfpress.com.cn	排　版	董海召
经　　销	新华书店	印　刷	番茄云印刷（沧州）有限公司
书　　号	ISBN 978-7-5047-7716-4/I・0344		
开　　本	710mm×1000mm　1/16	版　次	2022 年 7 月第 1 版
印　　张	39	印　次	2022 年 7 月第 1 次印刷
字　　数	507 千字	定　价	98.00 元（全 5 册）

版权所有・侵权必究・印装差错・负责调换

诗人的话

我在花间等你来,让我们一起倾听大自然。
我在花间等你来,说着只有我们自己明白的语言。
我在花间等你来,品味我们灵魂深处最美的浪漫。
诗和远方,且行且伴。时光云轩,阳光灿烂。
让我们拥有花间物语,明媚人生每一天……

风情妆容无深浅

不着痕迹美若仙

荷花凝聚初春艳

倾城尽在承诺间

天欲辜负不忍心
风雨兰开胜美人
今将热烈花中尽
绝色群里有知音

黄昏夏日了无痕
沉淀色彩闲下心
柳兰开放紫风韵
神清气爽美成春

天下风流闲情长
柳叶菊开晒浓香
心底牵挂去冲浪
是片花瓣就豪爽

序言

当世界文明以科学形式出现的时候，文化就成为人类生活方式的总和，并以科技、史学、艺术等形态，展现出自身的品质。文明包括精神文明和物质文明，花卉文化作为精神文明的重要组成部分，正日益受到中国乃至世界各国的高度重视。中国是世界上拥有花卉品种较为丰富的国家，栽培花卉植物的历史悠久，是当今世界上较重要的花卉植物发源地之一。

中国人的生活和花卉植物密不可分，以此形成的文化现象和文化体系，被中国先哲称为中国花文化。中国花文化集语言艺术、文学艺术、美学艺术、表现艺术于一身，已经成为中华文明史上，璀璨夺目的一朵奇葩。孔夫子说："文质彬彬，然后君子。"无论是谁，活得像花，才能活出生活里的"诗"和"远方"。这一点，对于小朋友而言，同样适用。哪个孩子的成长过程中不读书？哪个孩子不爱美的事物？美好的明天应该从读诗开始。

从西周的《诗经》和西汉的《楚辞》中，我们可以看出中国人对花鸟鱼虫的感悟。从此，大自然的生灵有了故事，有了寄托，有了对未来的憧憬。鸟语花香成为这个世界上美好的存在。正是花卉、树木、鸟、兽、鱼、虫持续创造并不断改变着地球上的自然生态环境。利用大自然，保护大自然，维护生物多样性，始终是中国人的生活态度。

本书首次尝试将自然物种和人类文化，结合成一个整体，以微写作和全押韵为基础，创作出行云流水、琅琅上口的小诗，借以表达自然界的天然文化意象，力求用通俗、流畅的语言，渲染、融合、诠释人类与大自然的共有魅力。

谨以此书献给全世界所有热爱中国花文化的人。

目录 contents

A
阿尔泰贝母 / 2

B
白刺花 / 3
白杜 / 4
白鹤芋 / 5
白花油麻藤 / 6
白菊 / 7
白兰 / 8
白瑞香 / 9
白头翁 / 10
百合 / 11
百日菊 / 12
百子莲 / 13
败酱 / 14
薄荷 / 15
宝铎草 / 16
报春花 / 17

报春石斛 / 18
贝壳花 / 19
碧桃 / 20
扁豆花 / 21

C
彩苞凤梨 / 22
侧金盏花 / 23
插田泡 / 24
长春花 / 25
长花金杯藤 / 26
茶梅 / 27
茶树花 / 28
赪桐 / 29
雏菊 / 30
穿心莲 / 31
垂枝红千层 / 32
垂花水塔花 / 33
垂茉莉 / 34
垂丝海棠 / 35
刺槐 / 36
刺桐 / 37
翠菊 / 38

D
打破碗花花 / 39
大百合 / 40
大花葱 / 41
大花蕙兰 / 42
大花马齿苋 / 43
大花萱草 / 44
大花亚麻 / 45
大花紫薇 / 46
大火草 / 47
大丽花 / 48
大蔓樱草 / 49
大藻 / 50
大石龙尾 / 51

大岩桐 / 52
倒挂金钟 / 53
地中海蓝钟花 / 54
帝王花 / 55
棣棠花 / 56
吊兰 / 57
钓钟柳 / 58
顶冰花 / 59
兜兰 / 60
杜鹃 / 61
杜梨 / 62
多花野牡丹 / 63

E
蛾蝶花 / 64

F
番红花 / 65
飞燕草 / 66
非洲菊 / 67
非洲凌霄 / 68
肥皂草 / 69
粉苞酸脚杆 / 70
粉葛 / 71
风铃草 / 72
风信子 / 73
蜂室花 / 74
凤凰木 / 75
凤尾丝兰 / 76
凤眼蓝 / 77
佛肚竹 / 78
浮萍 / 79

G
珙桐 / 80
狗牙花 / 81
枸杞 / 82
瓜叶菊 / 83
光叶子花 / 84

H

海菜花 / 85
海桐 / 86
海芋 / 87
海州常山 / 88
含笑花 / 89
韩信草 / 90
旱金莲 / 91
合欢 / 92
荷包牡丹 / 93
荷花玉兰 / 94
荷兰菊 / 95
荷青花 / 96
鹤顶兰 / 97
鹤望兰 / 98
红萼龙吐珠 / 99
红粉扑花 / 100
红花 / 101
红花檵木 / 102
红花西番莲 / 103
红花羊蹄甲 / 104

七言话百花

阿尔泰贝母

时光飞逝每一天,转眼就是大半年。
花格贝母开驿站,紫韵迷住旅人眼。

阿尔泰贝母,别名:花格贝母、小贝母、珠鸡斑贝母、蛇头贝母。百合科,贝母属,多年生球根草本。产于新疆北部阿尔泰山,分布于欧洲、高加索至阿尔泰。花期5月。生于灌丛下或草坡上。花单生,茎细不负重,叶先端不卷曲。花朵形状独特,神秘贵气,优雅美丽,紫红色花瓣上有魅力十足的浅色方格。物语:平等关系,彼此珍惜。

白刺花

清风灵动春三月,欲待碧水出粉荷。
忽见连理白胜雪,顿知阡陌花高洁。

白刺花,别名:狼牙槐、铁马胡烧、苦刺花、马蹄针、白刻针、蚕豆叶槐。豆科,槐属,灌木或小乔木,高1~2米。产于中国华北、陕西、甘肃等地。花期3—8月,果期6—10月。植株健壮,枝叶铺张,性格顽强。喜光耐旱,是水土保持植物,也可供观赏。种子见土就长,花朵见风就开,生命力旺盛。为优质蜜源植物。物语:风雨历练,强大资产。

白杜

明开夜合任风舞,美好片刻便知足。
若然林海无出路,上岸当个花俘虏。

  白杜,别名:明开夜合、华北卫矛、丝棉木。卫矛科,卫矛属,小乔木,高达6米。中国产地广阔。花期5—6月,果期9月。开淡白绿色或黄绿色小花,优雅别致,入秋后果实开裂,呈橙红色,极具观赏价值。枝叶秀丽,是城市的重要观赏树种。枝条柔韧,可用于编织农业用具。叶可代茶,根皮和根可入药。物语:林木知心,静待缘分。

白鹤芋

明月如舟出云海，白鹤芋花选边开。
天涯红袖若还在，风流人物接踵来。

　　白鹤芋，别名：白掌、和平芋、苞叶芋、银苞芋、一帆风顺、异柄白鹤芋。天南星科，白鹤芋属，多年生草本。原产于美洲热带地区，世界各地广泛栽培。花期5—8月。春夏开花，佛焰苞大而显著，花葶高出叶丛，呈白色或微绿色，肉穗花序呈乳黄色。白鹤芋的花瓣如同在碧海中行驶的一叶白帆，优雅美丽。汁液有小毒。物语：千帆过尽，还原本真。

白花油麻藤

虽无傲骨任逍遥，禾雀花儿未折腰。
棚架之上玩垂钓，惹得月亮往下瞧。

白花油麻藤，别名：禾雀花、血枫藤、鸡血藤、大兰布麻。豆科，黧豆属，常绿、大型木质藤本。国家二类保护植物。原产于亚洲热带和亚热带地区，中国南方分布广泛。花期4—6月，果期6—11月。四季常青，花成束生于节上，白中带翠，恰如小小禾雀栖息在枝头。以藤茎入药。种子含淀粉，有毒，不宜食用。物语：物语之家，色彩神话。

白菊

月圆海天水相连,云落银河出岫山。
哪个季节不轮换,白菊花开夏秋天。

　　白菊。菊科,菊属,多年生草本,高0.6~1.5米。茎直立,分枝或不分枝。喜温暖干燥和阳光充足的环境,不耐寒,耐半阴和干旱,怕水湿和强光暴晒,夏天有休眠期。茎秆直立,花繁叶茂。需要接受充足日照叶色才会艳丽,株型才会更紧实美观。白菊枝条柔软,可以制作各种造型,风姿绰约如雪似玉。物语:寒霜起时,月落琼脂。

白兰

笔架山下花风光,天携早春采摘忙。
云游白兰若回乡,香径从此无短长。

白兰,别名:白缅花、白玉兰、缅桂、缅栀。木兰科,含笑属,常绿乔木,高达17米。原产于印度尼西亚爪哇,中国福建、广东等省区广泛栽培。花期4—9月。树冠开放张扬,叶片薄呈椭圆形。盛开时,花瓣洁白丰腴,花蕾淡黄色,香味浓郁,秀色可餐。花可提取香精或薰茶。鲜叶可提取芳香油,称"白兰叶油"。根皮可入药。物语:冰雪精华,品质无瑕。

白瑞香

雪浪枝头夕阳红,白瑞香开云涛中。
时光留下韶华梦,别样素颜对清风。

　　白瑞香,别名:小构皮、小黑构、山棉皮。瑞香科,瑞香属,常绿灌木,高达1.5米。产于中国福建、江西、湖北等地。花期11月至翌年1月,果期4—5月。植株健壮,枝条细长张扬,叶子碧绿有光泽。花朵芳香,白色,簇生于枝顶,如同美丽的洁白雪团,赏心悦目。新鲜的白瑞香花泡茶有清热作用。物语:脱俗高雅,祥瑞到家。

白头翁

妆容天然带光环,忍冬银莲不一般。
今将华丽浓缩看,美艳直击调色盘。

　　白头翁,别名:羊胡子花、老冠花、大碗花、将军草、老姑子花。毛茛科,白头翁属,多年生草本。分布于四川、湖北北部、江苏等地。花期4—5月。耐寒、耐旱,生命力顽强。叶丛油绿分散,开蓝紫色花朵,花蕊金黄。花谢后长出长长的银丝,在风中纷纷扬扬,白头翁由此得名。根状茎可入药,为优质中药材。物语:逸生之欢,流连忘返。

百合

百合花韵风捕捉,开到极致皆不舍。
日月中天若不落,如画美景会更多。

百合,别名:山丹、倒仙、山百合、香水百合。百合科,百合属,多年生草本。产于中国河北、山西、河南、安徽等地。茎秆直立,叶子鲜绿,花朵硕大,芳香袭人,花姿雅致。具有观赏价值,为常见鲜切花。鲜花含芳香油,可作香料;鳞茎富含淀粉,为一种名贵食品,对人体有良好的营养滋补之功效,亦作药用。物语:时光如梭,爱难割舍。

百日菊

夏风吹断望天愁,百日菊花不云游。
若是季节肯迁就,步步登高怎含羞。

　　百日菊,别名:步步登高、百日草、火毡花、鱼尾菊、节节高。菊科,百日菊属,一年生草本。原产于墨西哥,中国各地广泛栽培。花期6—9月,果期7—10月。茎直立,高0.3~1米。花形千姿百态,花容娇艳,色彩丰富,多呈深红色、玫瑰色、紫堇色或白色。开花时一朵更比一朵高,"步步登高"之名由此而来。物语:付出真情,赢得尊敬。

百子莲

闲云出落火热天,阳光带来百子莲。
只道无缘芬芳面,迟来幸福到眼前。

  百子莲,别名:南非百子莲、紫君子兰、蓝花君子兰、非洲百合。石蒜科,百子莲属,多年生草本。原产于南非,中国各地多有栽培。花期7—9月,果期8—10月。叶子浓绿色,深蓝色细小花朵,于花葶顶端簇拥而开。花团锦绣,被称为夏季蓝色小精灵。为鲜切花市场的重要花卉。欧洲人对其情有独钟,称其为爱情之花。物语:开于盛夏,宁静优雅。

败 酱

有限资源别用完,爱恨之间隔层天。
岁月痕迹不必看,原野年年换新颜。

败酱,别名:黄花龙牙、将军草、苦菜、山芝麻、麻鸡婆、野黄花、野芹。败酱科,败酱属,多年生草本。除宁夏、青海、新疆、西藏和海南岛外,中国各地均有分布。花期7—9月。茎直立,基生叶丛生,茎生叶对生,花梗细长,顶端簇生黄色小花,鲜艳夺目,别致可爱。幼苗嫩叶可食用。全草、根茎及根可入药。物语:徒有其名,温和安静。

薄荷

夏夜推出月光景,流萤提灯住花中。
天边将尽薄荷梦,风送草木耳语声。

薄荷,别名:香薷草、鱼香草、夜息香、水薄荷、接骨草、水益母、见肿消。唇形科,薄荷属,多年生草本。原产于中国,北半球温带地区分布广泛。茎直立,多分枝,叶子翠绿,味道清香。淡紫色或白色小花簇拥而开,形成花柱,蕊细长,花后结黄褐色卵形小坚果。幼嫩茎叶尖可作菜食,全草入药。以薄荷代茶饮,可清心明目。物语:如此味道,何等美妙。

宝铎草

天下物种求公平,风吹雨打常发生。
冰封大地春解冻,宝铎草花又出行。

宝铎草,别名:万寿竹、遍地姜、白龙须、水瑶边竹。百合科,万寿竹属,草本。产于中国浙江、江苏、安徽等地。生于海拔600~2500米的林下或灌木丛中。花期3—6月,果期6—11月。茎直立,叶子翠绿,花梗细长,花朵悬垂,簇生花筒,白黄绿相间,极为奇特。花形如同古时之铎,故名宝铎草。根状茎供药用,嫩叶可食。物语:灵光闪动,钟爱一生。

报春花

五彩缤纷不经意,整个春天被唤起。
报春变成花信使,到处彰显春气息。

　　报春花,别名:小种樱草、七重楼、紫丁香花。报春花科,报春花属,二年生草本。产于中国云南、贵州和广西西部(隆林)。花期2—5月,果期3—6月。盛开于早春,花冠粉红色,淡蓝紫色或近白色,因花朵多彩多姿而登堂入室。作为春天的信使,即使霜雪未尽,它已然为大地带来一丝春意。全草可入药。物语:灿烂夺目,如火如荼。

报春石斛

望月总觉门户窄,不上瑶池住阳台。
报春石斛迎进来,方信风是无量才。

报春石斛,别名:千年润、金钗花、林兰。兰科,石斛属,多年生草本附生植物。产于中国云南东南部至西南部,分布于亚洲多个地区。生于海拔700~1800米的山地疏林中的树干上。花期3—4月。花、枝、叶观赏价值极高,美感空前绝后,花形独特鲜活,色泽动人心魄,芳香四溢。被列为国家重点保护野生植物。全草可入药。物语:脱颖而出,美至无语。

贝壳花

惜花之人最长情,故纵风流燕草中。
贝壳花有卫星梦,何时漫步广寒宫。

贝壳花,别名:领圈花、月盘花、圈圈花、象耳。唇形科,贝壳花属,一年生或二年生草本。原产于亚洲西部及叙利亚、印度,中国云南、广东等地引进栽培观赏。造形奇特,色泽优雅,翠绿色的杯型萼片如同贝壳,故而得名。园艺品种有黄色、白色等花萼,多用于盆栽和制作插花。可吸收二氧化碳,宜家宜室。物语:水月笼天,独爱新鲜。

碧桃

碧桃从不多思想,盛花过后就回乡。
浓妆向来人气旺,揽尽天下春风光。

碧桃,别名:紫叶桃、千叶桃花。蔷薇科,桃属,落叶小乔木。原产于中国,各省区广泛栽培。花期3—4月,果期8—9月。性喜阳光,耐寒,不耐潮湿的环境。花先于叶开放,重瓣,有白、粉红、深红等颜色,盛花时,璀璨夺目。植株枝条各异,斜则闲雅婉约,直则端庄大方,动中景色如歌,静中顾盼生辉。果实香甜而多汁。物语:巧夺天工,回味无穷。

扁豆花

秋风新凉雨潇洒,心头一枕扁豆花。
美在月夜长牵挂,相思结成绿篱笆。

扁豆花,为豆科植物扁豆的花。豆科,扁豆属,多年生、缠绕藤本。可能原产于印度,中国各地广泛栽培。花期6—8月,果期9月。茎长可达6米,常呈淡紫色或淡绿色。开紫色或者白色小花,旗瓣圆形,龙骨瓣呈直角弯曲,小巧玲珑极为精致。果实为扁豆,紫色花结紫色扁豆,白色花结绿色扁豆。嫩荚作蔬食,白花和白色种子可入药。物语:美之绿篱,爱至心底。

彩苞凤梨

绿枝头上开红花，西风飞来分真假。
哄得蜂蝶爱盛夏，却无甜蜜带回家。

彩苞凤梨，别名：火箭凤梨、火炬、大剑凤梨、大鹦哥凤梨。凤梨科，丽穗凤梨属，多年生常绿草本。原产于中南美洲以及西印度群岛，中国广泛栽培。叶形似剑，优雅飞扬，叶较薄，亮绿色，具光泽。花茎由叶丛中心抽出，复穗状花序，多分枝，丰腴的苞片大而鲜红，开黄色小花。花苞可保持3个月，极具观赏价值。物语：红山绿海，随风而来。

侧金盏花

冬天热情有标签,雪花开出完美感。
侧金盏花脚步慢,留下红日倒春寒。

  侧金盏花,别名:福寿草、冰凉花、顶冰花、冰里花、墨水银莲花、冰溜花。毛茛科,侧金盏花属,多年生草本。分布于中国辽宁、吉林、黑龙江东部,朝鲜及日本等地也有分布。贴地而生,植株纤细直立。早春三月,细葶上的金黄色花朵先于叶迎风绽放开来,执着安静地摇曳在冰凌白雪之中。可入药,有毒。物语:天池寒玉,风韵十足。

插田泡

暮色落尽云思想，良宵好梦恨天光。
晨风吹走花惆怅，变成红果有营养。

插田泡，别名：高丽悬钩子、乌沙莓、插田藨、白龙须、大乌泡、覆盆子。蔷薇科，悬钩子属，灌木。分布于中国、朝鲜和日本。生长于海拔100~1700米的山坡灌丛或山谷、河边、路旁。花期4—6月，果期6—8月。栽培插田泡植株高挑，绿叶婆娑，粉紫色小花簇拥于枝头。果实味酸甜，可生食、熬糖及酿酒，亦可入药。物语：乡村快乐，天赐之作。

长春花

时光年轮留印痕,风雨无情花自春。
雁来红开好时运,赐个芳名日日新。

　　长春花,别名:日日草、日日新、雁来红、三万花、四时春。夹竹桃科,长春花属,半灌木。原产于非洲东部,现栽培于各热带和亚热带地区,中国栽培于西南、中南及华东等地区。不择环境,生长迅速。植株娇小,四季盛开,从不间断。全草入药,有凉血降压、镇静安神之效。因汁液有毒不宜种于室内。
物语:色泽艳丽,不可复制。

长花金杯藤

底色料理心头景,简约就是花生平。
天将大蔓信手种,风云从秋看到冬。

长花金杯藤,别名:长筒金杯藤、金杯花。曲茄科,金杯藤属,常绿藤本灌木。原产于西印度群岛及古巴。花期12月至翌年1月。花朵硕大优雅,含苞未放时,散发出浓郁的奶油蛋糕香味,香味独特。开花后颜色初始淡黄色,再转至金黄色,花蕊细长优雅。本身有净化空气的作用。可入药,全株具有毒乳液。物语:大而美丽,婀娜多姿。

茶梅

时令茶梅耐霜寒，惊艳美得西风软。
今夜独占春一半，面向云海待天暖。

　　茶梅，别名：茶梅花、油茶、冬红山茶、早茶梅。山茶科，山茶属，小乔木。分布于日本，中国有栽培品种。花期11月至翌年3月。性喜温暖湿润，喜光而稍耐荫，忌强光，较为耐寒，畏酷热。叶子形似茶叶，花朵状似梅花，因此得名茶梅。树形美观大方，叶型雅致，花朵瑰丽，宜修剪造型，是理想的盆栽名花。物语：雪中朱砂，盖无其他。

茶树花

山高地阔泛绿光，万亩茶园日夜长。
任风拉扯春力量，三千里外闻花香。

茶树花。山茶科，山茶属，灌木或小乔木。中国西南部是茶树的起源中心，世界上数十个国家引种了茶树。嫩枝无毛，叶革质，长圆或椭圆形。花1~3朵腋生，苞片2片，早落，花瓣5~6片。纯白色的花朵恰好符合有红妆而不染，有魅力而不骄之说。茶树花营养丰富，活性成分极高，同茶叶一样，有很多对人体有益的养生功效。物语：千秋茶花，流芳万家。

赪 桐
chēng tóng

地球村是一盘棋，万物有灵比一比。
春来秋去不放弃，总有红花结果实。

赪桐，别名：荷包花、龙船花、状元红、百日红、红花倒血莲。马鞭草科，大青属，灌木，高1~4米。产于中国江苏、湖南、福建、广东等地。花果期5—11月。小枝四棱形，叶子圆心形，硕大碧绿，有长柄。花冠红色，盛开时，由无数小花朵簇拥形成一簇一簇的大花束，壮观美丽。全株药用，有消肿散瘀之功效。物语：相悦相承，必可成功。

雏菊

春来月辉白如雪，逸生无意上楼阁。
常见高枝花寂寞，雏菊自由如风车。

雏菊，别名：延命菊、春菊、长寿菊、皱菊、马兰头花。菊科，雏菊属，一年生或多年生葶状草本。原产于欧洲，中国各地引进栽培。意大利的国花。叶为匙形，丛生呈莲座状，从叶间抽出花葶，一葶一花，花朵娇小玲珑，花瓣浓密细长。春天开花，优雅出尘，素影清风，于寒凉中开出一片温暖。雏菊具有较高的药用价值，宜家宜室。物语：别具一格，见者喜悦。

穿心莲

东风西风相逢无,中药世家灵气足。
时光流向悬壶处,把脉人听闲阶雨。

穿心莲,别名:榄核莲、一见喜、苦胆草、印度草、金香草、苦草。爵床科,穿心莲属,一年生草本。原产于印度及周边国家,分布于中国福建、广东、海南、广西等地,澳大利亚也有栽培。茎高0.5~0.8米,下部多分枝,节膨大,花冠白色而小。为药用植物,其茎、叶极苦,有清热解毒、消肿等功效。物语:时空流转,初心不变。

垂枝红千层

横天风浪万绿中，外柔内刚抱团行。
垂首但见春受用，便知群芳不怕冷。

垂枝红千层，别名：串钱柳、垂花红千层、瓶刷子树、澳洲红千层。桃金娘科，红千层属，常绿大灌木或者小乔木，植株高2~5米。原产于澳大利亚的新南威尔士及昆士兰。花期4—9月。叶子细长如柳，枝条下垂，颇有垂柳之风韵，树干形状曲折，苍劲有力。小枝密集，红色丝状花穗悬垂，摇曳生姿，美艳绝伦。物语：三生石前，大爱无言。

垂花水塔花

灯塔高塔未来塔,零和壹是导航家。
卫星丈量天最大,浪花难比水塔花。

　　垂花水塔花,别名:狭叶水塔花、垂花凤梨。凤梨科,水塔花属,多年生草本。原产于巴西,中国引进栽培观赏。茎极短,植株丛生莲座状,叶子细长如兰。春季时长出穗状花序,渐次开放出不一样的美,悬垂的花朵长出根根细长的花蕊,优雅漂亮。垂花水塔花为景天酸代谢植物,放置于卧室或者书房,可保持室内新鲜空气。物语:轻盈别致,跃跃欲试。

垂茉莉

穿越心扉风导航,修炼品格接太阳。
山水感悟新希望,花和远方都芳香。

　　垂茉莉,别名:黑叶龙吐珠、垂花龙吐珠、节枝常山。马鞭草科,大青属,直立灌木或小乔木,高2~4米。产于中国广西西南部、云南西部和西藏。锡金、印度东北部等地也有分布。花果期10月至翌年4月。花蕾形似白蝴蝶,又因下垂于枝上,故此得名。实则与茉莉花完全不同。花姿飘逸,簇拥成团,盛开时,香味浓郁,别有风韵。物语:寒来暑往,历久弥香。

垂丝海棠

轻盈犹胜花中王，沉水恰似无痕香。
如雪珍珠垂首望，羞得美人不上妆。

　　垂丝海棠，别名：垂枝海棠、海棠花。蔷薇科，苹果属，乔木，高达5米。产于中国江苏、浙江、安徽、陕西、四川、云南。花期3—4月，果期9—10月。树冠优美，嫩枝、嫩叶均带紫红色。簇生花蕾胭脂色，花梗细长而悬垂。花朵含羞带怯，摇曳生姿。花朵可食用，果实美味，酸甜可口，可制蜜饯。物语：柔乱心弦，粉动摇天。

刺槐

天真烂漫直须有，刺槐抢了花温柔。
盛开赶上闰月秋，走进云屏露两手。

刺槐，别名：洋槐、槐花、钉子槐。豆科，刺槐属，落叶乔木，高10~25米。原产于美国东部，中国于18世纪末从欧洲引入青岛栽培。花期4—6月，果期8—9月。生命力旺盛，适应性极强，是速生薪炭林树种，亦是优良蜜源植物。花朵簇生悬垂，相拥成穗，洁白如雪，香味浓郁。嫩叶及花可食，茎皮、根、叶供药用。物语：拾穗香酥，扑人眉宇。

刺桐

独拔头筹先报春,霜雪逆袭调色人。
刺桐斗寒意未尽,开朵花儿主浮沉。

刺桐,别名:海桐、空桐树、海桐皮、鸡公树、广东象牙红。豆科,刺桐属,大乔木,高可达20米。原产于印度至大洋洲海岸林中,中国福建、广东、广西等省区有栽植。花期3月,果期8月。刺桐树干挺拔,花朵形状独特,花冠红色,火红灿烂,极具美感。为优质观赏树木。树皮或根皮可入药,称海桐皮。物语:深红待绿,个中情趣。

翠菊

花家径自开染坊，绿染衣裳红染妆。
赤地日头高万丈，晒得翠菊寸寸香。

　　翠菊，别名：江西腊、五月菊、蓝菊、姜心菊。菊科，翠菊属，一年生或二年生草本，高0.3~1米。产于中国吉林、辽宁、河北等地。花果期5—10月。生长于山坡撂荒地、山坡草丛、水边或疏林阴处。在欧洲花卉市场占有一席之地。茎直立，单生，有淡淡的清香。花色丰富，五彩缤纷，常簇拥成团盛开。物语：渲染秋色，花开不谢。

打破碗花花

万物寂静春诞生,重新布置天下景。
深入观察花活动,方知野生更长情。

　　打破碗花花,别名:大头翁、山棉花、五雷火、霸王草、满天飞、野棉花。毛茛科,银莲花属,多年生草本。分布于中国四川、陕西南部、湖北西部等地。花期7—10月。花萼直立,花紫红色或粉红色,花蕊奇特。民间为防止小孩子随意摘取,大人们便说,摘了这种花,就会打破碗,花名由此而来。根状茎可入药,全草用作土农药。物语:美丽谎言,保住花仙。

大百合

卷头画上不老松,大百合开夏风景。
若想找个清幽境,须入云山雾海中。

　　大百合,别名:百合莲、水百合、百洼。百合科,大百合属。产于中国西藏、四川、陕西、湖南和广西。花期6—7月,果期9—10月。生于海拔1450~2300米的林下草丛中。花朵呈狭喇叭形,簇拥悬垂,白色,里面具淡紫红色条纹,十分雅致。因其植株粗壮、高大,显著区别于百合属植物而得名。与观赏用的百合花区别较大。鳞茎可供药用。物语:倦飞知还,生活简单。

大花葱

夏日风流紫云情,舒卷锦团大花葱。
正午阳光最宁静,静到可闻绽放声。

大花葱,别名:吉安花、巨葱、高葱、硕葱、绒球葱。百合科,葱属,多年生常绿草本。原产于亚洲中部和地中海地区,世界各国园林中多有种植。花葶高大,伞形花序球状,由数千朵紫红色星状小花组成,色彩艳丽,灿烂夺目。随着小花的开放,花球逐渐增大,盛放时直径可达0.2米,盛花期可持续近20天,极具观赏价值。物语:细微成功,肃然起敬。

大花蕙兰

凡尘幸福超简单,飞上阳台当花仙。
大花蕙兰连成片,春如蝴蝶分外欢。

　　大花蕙兰,兰科,兰属,多年生常绿草本。原产于印度、缅甸、泰国、越南和中国南部等地。园艺种,由独占春、虎头兰、碧玉兰、美花兰等大花形原生种经过多代杂交选育而来。植株健硕,剑形叶片翠绿,花朵颜色丰富,花形坚挺,经久不凋谢。花朵盛开时如美丽的蝴蝶,跃跃欲飞,风姿绰约,极具观赏价值。物语:顺应民俗,迎春接福。

大花马齿苋

风云也有缠绵天,正午时分酒量浅。
唤醒大花马齿苋,悄悄送往情圣前。

　　大花马齿苋,别名:松叶牡丹、半支莲、龙须牡丹、金丝杜鹃、洋马齿苋、太阳花、午时花、佛甲草。马齿苋科,马齿苋属,一年生草本。原产于巴西,中国公园、花圃常有栽培。花期6—9月,果期8—11月。花瓣呈红色、紫色或黄白色。向阳而开,日开夜闭,中午阳光充足时开至最美。全草可供药用。物语:美如花仙,妙不可言。

大花萱草

秋在心上水长流,大花萱草叫忘忧。
乐在田野当王后,风轻云淡看丰收。

  大花萱草,别名:大苞萱草。百合科,萱草属,多年生宿根草本。分布于亚洲温带至亚热带地区。花期5—10月。花色丰富,花形多样,品种繁多,且适应性强,花期较长,为园林绿化的优选花材,亦可用作切花。左边正如碧绿一片玉玲珑,金黄惹出花蕊红。右边恰似优雅忽然从天降,眼前晒出御衣裳。物语:千姿百态,奉献大爱。

大花亚麻

自然生长有原则,人有修养花有格。
风云着力天未歇,花开花落根情结。

大花亚麻,亚麻科,亚麻属,一年生草本。产于非洲北部,中国引进栽培。花期5—6月。植株纤细近乎木质化,花形优美,颜色漂亮。成片种植,碧绿色叶子,火红色小花。盛开时脉脉含羞,美如仙子,静静绽放。不张扬个性,不炫耀脂粉,只开出一大片火红优雅。种子可榨油,茎皮制作纤维用品。物语:点滴深情,贯穿始终。

大花紫薇

沉思无语领悟场，大叶紫薇讲解忙。
高树入云问月亮，可否看到花文章。

　　大花紫薇，别名：大叶紫薇、百日红、洋紫薇、百日香、大叶百日红。千屈菜科，紫薇属，大乔木，高可达25米。中国广东、广西及福建有栽培，斯里兰卡、印度、马来西亚等地有分布。花期5—7月，果期10—11月。叶子碧绿，花朵簇生，大而鲜艳，粉紫色或者粉红色，花蕊金黄色，非常美丽。树皮、叶、种子均可入药。物语：不言不语，幸运光顾。

大火草

追光逐影网红圈,风吹大火草燎原。
天容地貌且细看,出彩并非名利山。

大火草,别名:绒毛秋牡丹、白头翁、野棉花、山棉花、大头翁。毛茛科,银莲花属,多年生草本。分布于中国四川西部和东北部、青海东部、甘肃等地。花期7—10月,果期9—11月。植株纤细优雅,花朵娇艳,呈白色或淡粉色。为优质蜜源和饲料植物。茎富含纤维,种子可榨油。根茎可供药用。物语:缘结众芳,大爱至上。

大丽花

天边收起一抹霞，万紫千红又爆发。
秋景堪比水墨画，惊艳名叫大丽花。

　　大丽花，别名：大理花、洋芍药、天竺牡丹、东洋菊、大丽菊。菊科，大丽花属，多年生草本。原产于墨西哥，是全世界栽培最广的观赏植物之一。花期6—12月，果期9—10月。墨西哥尊其为国花。种类多，花色丰富，花形繁多，姿态各异，令人炫目。巨大的棒状块根含菊糖，在医药上与葡萄糖有同样的功效。物语：华丽大方，为美守望。

大蔓樱草

夏日微风迟迟归，矮雪轮上盼雪飞。
满眼玫红惹人醉，就算中暑也无悔。

　　大蔓樱草，别名：矮雪轮、小町草。石竹科，蝇子草属，一年生或二年生草本。原产于欧洲南部，中国栽培观赏。花期5—6月，果期6—7月。长到一定高度就匍匐生长，花朵精致繁茂。花柄长具风韵，开花过程多变，刚开放时呈紫红色，逐渐变成粉红色，下午阳光西斜花瓣变浅开成平面，次日早上再向内卷曲，别有情趣。物语：向阳规律，独家艺术。

大藻

赏心悦目难满足,风姿绰约小夜曲。
芙蓉莲花上名录,如诗如歌美如许。

大藻,别名:大叶莲、水白菜、水浮莲、大萍叶。天南星科,大藻属,水生漂浮草本。中国台湾、福建、广东、广西、云南各省区热带地区有野生,全球热带及亚热带地区广布。花期5—11月。叶子翠绿肥厚,附着淡淡细白绒毛,簇生成莲座状,悠然自得,飘浮于水面。叶美如花,遇水在叶面形成圆珠,闪烁光泽。多用于观赏,亦可入药。物语:见水就长,天生天养。

大石龙尾

微风携雨拍水流,大石龙尾美上头。
连天云梯搭不够,一寸柔情一寸忧。

大石龙尾,别名:大宝塔草、异叶石龙尾。玄参科,石龙尾属,多年生沉水草本。原产于斯里兰卡和印度。花期夏季。茎多分支,叶子长椭圆形,草绿色,花朵在挺水枝条上开放,近白色,具紫色斑点。盛开时花朵优雅美丽,造型别致奇特,风姿绰约,极具特色。适合室内水体绿化,可装饰玻璃容器。物语:水种水收,出入自由。

大岩桐

细雨纷飞乱春风,天边回望大岩桐。
几簇小花情意重,张扬清凉街头景。

　　大岩桐,别名:落雪泥。苦苣苔科,大岩桐属,多年生草本。原产于巴西,中国引种栽培。花期4—6月,果期6—7月。植株矮小健壮,生命力强。叶片大而翠绿,花顶生,花梗和叶等长,花冠钟状,有粉红色、大红色、紫蓝色、白色、复色等多种颜色,结蒴果。大岩桐为著名的室内盆栽花卉,花朵绽放时,姹紫嫣红,极具观赏价值。物语:花开荣光,福气绵长。

倒挂金钟

沉思无语风清凉,春回大地新开张。
倒挂金钟若盛放,就是辉煌好时光。

倒挂金钟,别名:灯笼花、吊钟海棠、铃儿花、灯笼花。柳叶菜科,倒挂金钟属,半灌木。原产于中南美洲,中国广为栽培。花期4—12月。茎直立,多分枝,叶对生,花梗纤细,淡绿色或带红色,花管筒状,红色。盛开时,花朵低垂,颜色多变,半遮半掩,神秘美丽。除极具观赏价值之外,倒挂金钟还是中药材。物语:深情款款,相思漫卷。

地中海蓝钟花

千挑万选不轻松,挥手辞别早春风。
今日收起飞天梦,端坐云头待花成。

地中海蓝钟花,别名:秘鲁绵枣儿、地金球。天门冬科,蓝瑰花属,多年生草本。原产于地中海一带,中国引种栽培。花期5—6月。鳞茎较大,花亭粗壮,叶宽线形,暗绿色有光泽,开星状小花,多而密集,花暗蓝色、白色、红色或堇色。盛开时,在花茎顶端组成一个大花球,花形别致,令人炫目。物语:深海之恋,抱香成团。

帝王花

绝色出自寻常家,群芳个个美无瑕。
豆蔻年华一刹那,惊艳百年帝王花。

　　帝王花,别名:菩提花、海神花。山龙眼科,帝王花属,多年生常绿灌木。分布于南非全国,是南非共和国的国花。花期5—12月。以其硕大、奇特、华丽的造型,被称为"花王之王"。代表着顽强的生命力,花魁的寿命长达百年。挺拔的苞叶和花瓣,艳丽的色彩,成为帝王花最完美的组合。干燥的帝王花可作茶饮。物语:物换星移,天之骄子。

棣棠花

拂云掠月雨乍停，开天剪碎金披风。
不声不响不冲动，棣棠美至春心疼。

棣棠花，别名：土黄条、鸡蛋黄花、三月花。蔷薇科，棣棠花属，落叶灌木，高1~2米。产于中国甘肃、山东、浙江等地。花期4—6月，果期6—8月。多生长于海拔200~3000米的山坡灌丛中。常见的棣棠花为单瓣，颜色为黄色和白色。重瓣棣棠花为棣棠花变种，花朵较大，颜色为金黄色，盛开时满枝黄花，辉煌灿烂。物语：珠花斜挂，天之风雅。

吊兰

消费美景年复年,等你回家路好远。
吊兰只为花悬念,一个眼神融化天。

  吊兰,别名:钓兰、挂兰、垂盆吊兰、折鹤兰。百合科,吊兰属,多年生常绿草本。原产于非洲南部,现已广泛栽培。花期5月,果期8月。性喜温暖湿润半阴的环境。根状茎短,叶剑形,绿色或有黄色条纹,开白色小花,花蕊金黄色。适应性强,四季常绿,是常见的垂挂植物。具有净化室内空气的作用。全株可入药。物语:上天厚爱,生命精彩。

钓钟柳

辽阔大地有柔情，荒野皓素绰态生。
钓钟柳枝轻摇动，摇出惊艳花风铃。

　　钓钟柳，别名：象牙红、吊钟柳。车前科，钓钟柳属，多年生常绿草本。原产于美洲，现世界各地多有栽培。花期4—5月，视环境温度而变化。喜阳光充足、空气湿润、通风良好的环境。植株优美大方，叶片翠绿，圆锥形花序，花冠钟状，花色为红色、蓝色、紫色等。花色丰富，花形别致，颇具观赏价值。物语：花开一片，碧海青天。

顶冰花

冰天雪地照样长,春来开个满庭芳。
田角地头都兴旺,顶冰花叫御衣黄。

  顶冰花,别名:白番红花、御衣黄。百合科,顶冰花属,多年生草本。产于中国黑龙江、吉林东部、辽宁等地。花期4—5月。顶冰花在冰天雪地里也可以发芽,天气渐暖后,花柄挺出,几片单薄的花瓣围绕着金黄色花蕊,冒着凛冽寒风,美美地绽放开来,故而得名顶冰花。一身傲骨的顶冰花,美极,雅极。全株有毒,不可误食。物语:花有奥妙,生存有道。

兜兰

后海大道月亮湾，滨河西路拦腰穿。
兜兰锁水实罕见，花底波澜有几宽。

兜兰，别名：拖鞋兰、仙履兰。兰科，兰属，多年生常绿草本。分布于亚洲热带地区至太平洋岛屿。生长在热带及亚热带林下，少数附生于岩石、树木上，是兰科中最原始的类别之一。茎极短，花葶从叶丛中抽出，唇瓣呈口袋形，背萼极发达，有各种美丽的花纹。花可开放数周，造型奇特，花色丰富，神形俱美，极具观赏价值。物语：风姿绰约，质朴生活。

杜鹃

春风吹绿天喜欢,杜鹃花开满山川。
整个夏季红艳艳,盛世遇上丰收年。

　　杜鹃,别名:山石榴、映山红、照山红、唐杜鹃。杜鹃花科,杜鹃属,落叶灌木。产于中国江苏、安徽、广东、四川等地,世界各国广泛栽培。杜鹃为中国中南及西南典型的酸性土指示植物。枝繁叶茂,绮丽多姿,盛开时,花团锦簇,十分美丽。老根桩造型别致,可制作盆景。全株供药用,汁液有一定毒性,观赏无虞。物语:花好月圆,精彩满天。

杜梨

花追春风自主张，美凝枝头变凤凰。
疑是杜梨偷释放，月落星辰满天霜。

杜梨，别名：棠梨、土梨、海棠梨、野梨子、灰梨。蔷薇科，梨属，乔木，高达10米。产于中国辽宁、河北、山东、安徽、江西等地。花期4月，果期8—9月。耐寒凉、抗干旱、结果期早，寿命长。树形优美，花色洁白如雪，花药紫色，果实近球形，有淡色斑点。植株可以观花赏果，其木材用处多而广泛。树皮、果实可药用。物语：苦中有乐，开花结果。

多花野牡丹

哪片绿叶不多情,最是无奈顶头风。
倾盆雨来花沉重,难与国色同姓名。

多花野牡丹,别名:乌提子、瓮登木、山甜娘、酒瓶果。野牡丹科,野牡丹属,灌木。产于中国云南、贵州、广东至台湾等地,中南半岛至澳大利亚,菲律宾以南等地也有分布。花期2—5月,果期8—12月。多分枝,叶子碧绿,肥厚有光泽。开五瓣小花,花瓣粉红色至红色,花蕊黄色,极为艳丽。果实可食,全株可药用。物语:清新自然,山野礼赞。

蛾蝶花

休道风过春雨少,不曾误了花驻脚。
蛾蝶花艳冷格调,蜜蜂为此情难了。

蛾蝶花,别名:蛾蝶草、平民兰、蝴蝶草、荠菜花。茄科,蛾蝶属,一至二年生草本。原产于智利。花期3—4月。性喜凉爽温和气候,喜光,耐寒性较强。植株美观,叶形似蕨,花如洋兰。翩翩起舞的灵动花朵,在绿叶的衬托下,颇具风采。蛾蝶花为近年来新兴的阳台盆花,很受年轻花友喜爱,宜家宜室。物语:斜阳如水,风物正美。

番红花

深色春光初凝紫,温柔乡里谁能及。
红妆半分则太赤,素颜从东美到西。

番红花,别名:藏红花、西红花。鸢尾科,番红花属,多年生草本。原产于欧洲南部,中国各地常见栽培。番红花是一种价格昂贵的香料,在国际香料市场上有"软黄金"之称。花茎短,不伸出地面。花量少,花色艳丽,多为红紫色、淡蓝色或白色,花柱橙红色,有浓郁香味。盛开时,风姿绰约,美艳绝伦。花柱及柱头供药用。物语:风中顾盼,繁星点点。

飞燕草

万花丛中一抹蓝，开完夏天开秋天。
风吹如同双刃剑，飞燕草上有心酸。

飞燕草，别名：彩雀、南欧翠雀、千鸟草、洋翠雀。毛茛科，飞燕草属，一年生草本。原产于欧洲南部，中国有栽培。植株形态优雅，花形别致，萼片紫色、粉红色或白色。花朵盛放时，恰似一只只欲飞未飞的小燕子落于柔枝之上，高贵素雅，如同欣赏一场视觉盛宴。全草及种子可入药。有一定的毒性，观赏无虞。物语：清静安宁，自由如风。

非洲菊

月光柔软入秋晚,山水迎来花底仙。
非洲菊花绝对艳,完美容颜年复年。

　　非洲菊,别名:扶郎花、灯盏花、秋英、波斯花、千日菊、日头花。菊科,大丁草属,多年生、被毛草本。原产于非洲,中国各地庭园常见栽培。花色多样,有红色、白色、黄色、橙色、紫色等颜色。茎秆挺拔,花朵鲜艳,绚丽夺目。水插时间长且保鲜率高,可长达15—20天。为世界著名十大切花之一。物语:生活精彩,互敬互爱。

非洲凌霄

秋风起时枫树摇，开阔方知红叶好。
紫云藤上花容俏，邻家梧桐不忍老。

非洲凌霄，别名：紫云藤、肖粉凌霄。紫葳科，非洲凌霄属，常绿半蔓性灌木。原产于非洲，中国福建、广东等地有引种栽培。易管理，生长快，光照充足时，全年开花。圆锥花序顶生，花冠钟形，粉红色到紫红色，喉部色深，有时带有紫红色脉纹，绚丽多姿，娇艳之极。枝条柔软，爬藤后极易形成花帘，有花无花皆具观赏价值。物语：住进心底，相亲相依。

肥皂草

石碱花是香皂源，洗了大地洗蓝天。
花团锦簇种一片，朵朵都可入人眼。

肥皂草，别名：石碱花、香桃、草桂。石竹科，肥皂草属，多年生草本。原产于欧洲，中国大连、青岛等城市常逸为野生。花期6—9月。株型优美，根茎细，多分枝，聚散花序，有单瓣或复瓣，颜色主要为白色或粉色，既简单又漂亮。种植后能多年生长，可用来覆盖园林地面。因含皂甙，可用于洗涤器物。根可入药。物语：云端之色，甘为余雪。

粉苞酸脚杆

超然物外何其难,人间常见相亲天。
宝莲花开若相见,便是前世今生缘。

粉苞酸脚杆,别名:宝莲花、珍珠宝莲、宝莲灯、美丁花。野牡丹科,酸脚杆属,常绿灌木。原产于非洲、东南亚的热带雨林中,中国从荷兰引进栽培。花期超长,花开时间可达百天以上。为高级观赏花卉,株型美观大方,叶片宽大,粉红色苞片遮掩着簇簇珍珠小花,美艳绝伦,豪华雅致。花至美,果亦如此,全年可观赏。物语:如此倒悬,如梦如幻。

粉葛

紫花美得风欲穿,葛根盛开撩人眼。
借问空中高飞燕,可否低就绿云间?

粉葛,别名:葛根花、无渣粉葛、甘葛藤、葛马藤。豆科,葛属,多年生落叶藤本。产于中国广东、云南、四川、藏南地区等。花期6—9月,果期8—10月。翠绿色叶子,花萼钟形,花冠紫色,美丽异常。粉葛淀粉含量高达40%。含有多种人体所需的氨基酸和微量元素。花可制成茶。粉葛以根入药,中药名为葛根。物语:物尽其用,花尽随风。

风铃草

豪情冲天走单骑,海上伏虎湍流激。
终南山上有仙气,风铃草花正当时。

风铃草,别名:钟花、瓦筒花、风铃花。桔梗科,风铃草属,二年生宿根草本。原产于欧洲南部北温带至亚寒带地区,中国引种栽培。花期5—6月。喜光照充足环境,可耐半阴。茎粗壮直立,花冠钟形,边缘微微泛卷,花色有白色、蓝色或紫色等。花朵盛开时,摇曳生姿,明丽清新,优雅耐看。风铃草是园林中常见的冬、春季草花。物语:美好憧憬,长系风铃。

风信子

南风飞扬花无主,吹落满地芳香雨。
天涯留春春不住,月影星光须相扶。

　　风信子,别名:洋水仙、西洋水仙、五色水仙、时样锦。天门冬科,风信子属,多年生球根。原产于地中海沿岸及小亚细亚一带,中国引进栽培。花期早春。喜阳光充足和较湿润的生长环境。叶子翠绿润泽,十数朵小花密生于花葶上部,多横向生长,花冠漏斗形,边缘向侧下方反卷。花色丰富,娇艳美丽,香气宜人。物语:早春漫卷,新款欲先。

蜂室花

雅兴无穷走天涯,春色浓出蜂室花。
移居不怕天地大,直上青云落晚霞。

蜂室花,十字花科,屈曲花属,二年生草本。原产于地中海沿岸,欧美地区普遍种植美化庭院,中国引进栽培。植株低矮,生命力旺盛至见土就长,叶片细长,青翠欲滴。颜色丰富,有的洁白如雪,有的粉红如霞,有的如仙子的紫衣。每当春夏季蜂室花绽放时,深圳的公园和小区周围处处花团锦簇,令人赏心悦目。物语:花开流芳,静闻花香。

凤凰木

叶如飞凤绿含羞,花似丹凰争自由。
若然一日结伴走,梦中只与凤温柔。

凤凰木,别名:金凤树、红花楹、火树。豆科,凤凰木属,高大落叶乔木,树高20余米。原产于马达加斯加,中国云南、广西等地引进栽培。花期6—7月,果期8—10月。喜阳光充足和高温多湿的环境。树冠优美,枝叶翠绿飞扬,如同凤凰尾羽。枝头簇生的花朵,恰似火焰般热烈灿烂,绚丽夺目。花和种子有毒。物语:强烈渲染,不留遗憾。

凤尾丝兰

风卷白云七月天,凌空似见皎月圆。
傍近才知花倒灌,随意组成凤尾兰。

　　凤尾丝兰,别名:剑麻、凤尾兰。龙舌兰科,丝兰属,常绿灌木。原产于北美东部和东南部,中国多地引种栽培。花期9—10月。植株茎短,贴地生长,叶子浓绿如剑,张扬舒展,质地厚实笔挺,叶尖锐利。开花时花茎由叶丛中心抽出,健壮有力,抱茎簇生悬垂铃铛花近百朵,洁白如玉,形成高大花柱,极为壮观。物语:剑有柔情,蜜意丛生。

凤眼蓝

山河锦绣又一年，碧水秀出凤眼莲。
得意不顾人心愿，直接长成美半天。

凤眼蓝，别名：凤眼莲、水葫芦、水浮莲。雨久花科，凤眼莲属，浮水草本。原产于巴西，现广布于中国长江、黄河流域及华南各省。花期7—10月，果期8—11月。茎极短，具长匍匐枝，叶子深绿色，质地厚实，花朵三色，即四周淡紫红色，中间蓝色，在蓝色的中央有一黄色圆斑。嫩叶及叶柄可作蔬菜。全株可供药用。物语：活得铺张，求生力强。

佛肚竹

故园天路开望眼，开了今年开明年。
梦里常吃家乡饭，如烟细雨味甘甜。

佛肚竹，别名：佛竹、罗汉竹、密节竹、大肚竹、葫芦竹。禾本科，簕竹属，灌木状竹类。产于中国广东。植株健壮优雅，通常竹子的生长速度是蹭蹭长得个日新月异，但佛肚竹生长速度相对正常，枝叶四季常青。嫩竹笋可焖煮食用，竹筒用于蒸烧竹筒饭或制作工艺品。为盆栽和盆景的高等材料。嫩叶具有清热之效。物语：开阔眼界，胸怀未来。

浮萍

碧水之上黄金莲,常向荷花问早安。
希望借得粉红船,摇向天边不复还。

浮萍,别名:田萍、青萍、水浮萍、浮萍草、浮漂草。浮萍科,浮萍属,飘浮植物。中国南北各地均有分布,全球温暖地区广布,但不见于印度尼西亚爪哇。多生于水田、池沼或其他静水域。叶状体对称,表面绿色,背面浅黄色或绿白色或常为紫色。小巧精致,优雅美丽。可作为动物饲料。全草可药用。物语:自由活动,萍水相逢。

珙桐

欲携月光照碧影，挽留花开诗意中。
望天树下风云动，稀有物种叫珙桐。

　　珙桐，别名：鸽子树、空桐、水梨子。蓝果树科，珙桐属，落叶乔木，高15~20米。产于中国。花期4月。历史悠久，距今已有1000多万年，有植物活化石之称。花序圆似鸟头，花苞片洁白，硕大如翅，宛如展翅欲飞的白色鸽子。盛开时满树白色花朵，极为壮观。为当今世界著名的珍贵观赏树种之一。物语：执着前行，历史作证。

狗牙花

绿叶薄荷新调酒，红油豆腐最可口。
狗牙花儿吃不够，且将无时当作有。

狗牙花，别名：白狗牙、狮子花、豆腐花、马蹄香、马茶花、马蹄花。夹竹桃科，狗牙花属，灌木。分布于中国云南、福建、广东等地。花期4—9月，果期7—11月。叶子入药可治癫狗咬伤，因此而得名。枝叶茂密，花朵洁白无瑕，典雅美丽。2013年，被列入《中国生物多样性红色名录：高等植物卷》。物语：肆意生长，纵情开放。

枸杞

宜食宜赏宜拓荒,流翠枸杞最忠良。
黄土换了新模样,红色宝石不张扬。

枸杞,别名:枸杞菜、红珠仔刺、牛吉力、狗奶子、红耳坠、地骨子。茄科,枸杞属,多分枝灌木。分布于中国东北、华中、华南等地。花期8—9月,果期9—10月。植株健壮丛生,叶子翠绿,枝条带刺,花冠漏斗状,淡紫色,果实成熟时鲜红色,绿叶红果,十分艳丽。嫩叶可作蔬菜,根皮可药用,果实药食同源。物语:破空而出,无意夺目。

瓜叶菊

寒冬清冷初春来,瓜叶菊花迎风开。
万物合谐最自在,长夜不必再徘徊。

瓜叶菊,别名:富贵菊、黄瓜花。菊科,瓜叶菊属,多年生草本。原产于加那利群岛,中国各地广泛栽培。花期主要视环境温度而定。茎直立,叶片形如瓜叶,花朵在茎端排列成宽伞房状。花色丰富,紫红色、淡蓝色、粉红色或近白色等。盛开时,花朵绚丽夺目,香气清新,片植或者盆栽都十分漂亮。为冬春时节主要观赏植物之一。物语:碎金花月,冬奈我何。

光叶子花

天寒云淡有归期,转眼就到正月底。
光叶子花开冬季,也会缤纷占春时。

　　光叶子花,别名:簕杜鹃、小叶九重葛、紫三角、紫亚兰、三角梅。紫茉莉科,叶子花属,藤状灌木。原产于巴西,中国广泛栽培。花期冬春间(南方),北方温室栽培3—7月开花。茎粗壮,枝条招展,叶子翠绿。花朵极为细小,顶生于枝端的苞片内,苞片叶状,紫色或洋红色,薄如丝绸,鲜艳漂亮。花可入药。物语:山之品德,风之卓越。

海菜花

碧海仙子到眼前,恰似玉蝶舞翩迁。
美得心头直打颤,不可方物不可言。

海菜花,别名:异叶水车前、龙爪菜。水鳖科,水车前属,沉水草本。分布于中国广东、海南、广西等地。花果期5—10月。可生长在4米深的水中,喜欢温暖的淡水环境。是中国独有的珍稀濒危水生药用植物,对水体要求极高,只要有一点污染,就无法生存。被列入《中国珍稀濒危保护植物名录》,定为Ⅲ级。物语:湖波悠长,水中独芳。

海桐

海岸若得倚天桩，怎容波涛借风长。
潮起潮落水丈量，冲浪消磨闲时光。

海桐，别名：七里香、水香花、垂青树。海桐花科，海桐花属，常绿灌木或小乔木。分布于中国长江以南滨海各省。花期3—5月，果熟期9—10月。树冠球形，叶聚生于枝顶。春末夏初开白色花，逐渐变成黄色，具芳香。至秋季可以观赏红色果实。海桐有抗海潮及吸附有毒气体的能力，其根具有坚固堤坝的强大作用。物语：玉雪红珠，惊彩结局。

海芋

横扫酷暑须好雨，风吹墨云尽兴出。
海芋花浪染新绿，美中不足含剧毒。

海芋，别名：野芋头、狼毒、天荷、滴水芋、羞天草、隔河仙、黑附子。天南星科，海芋属，大型常绿草本。产于中国江西、福建、湖南、广东等地的热带和亚热带区域。花期四季，但在密阴的林下常不开花。根部粗大，叶子宽阔油绿，郁郁葱葱，颇为壮观，肉穗花序，具芳香，浆果红色。全株有毒，根茎可药用。物语：碧叶连绵，绿浪接天。

海州常山

时光是个淘气君,一分一秒不饶人。
海州常山留风韵,不忍吹老秋冬心。

　　海州常山,别名:臭梧桐、泡火桐、后庭花、香楸。牡荆亚科,大青属,灌木或小乔木,高1.5~10米。产于中国辽宁、甘肃、陕西等地。城市观赏树种之一。花果期6—11月。花萼初蕾时绿白色,后变成紫红色,花梗细长,花蕊飞扬伸出花冠之外,有清香味,花瓣白色带粉红色,盛开时优雅漂亮。开花后结果,可以观赏到花果并存之美。物语:明月清风,泰然一生。

含笑花

琼枝摇开一线天,芳香扑面大地欢。
花开花落谁决断,冬去春来风主管。

含笑花,别名:醉香含笑、含笑、山节子、唐黄心树、香蕉花、含笑梅。木兰科,含笑属,常绿灌木,高2~3米。原产于中国华南南部各省区,广东鼎湖山有野生,现广植于全国各地。花期3—5月,果期7—8月。树形美观大方,叶革质。花直立,花瓣淡黄色,边缘有时红色或紫色,具甜浓的芳香。花开放时,含蕾不尽开,故称含笑花。物语:花开芳香,不忍天凉。

韩信草

从无流水伴人行，只有人行流水中。
韩信草开恰春风，中药榜上留大名。

韩信草，别名：大力草、烟管草、偏向花、三合香、调羹草。唇形科，黄芩属，多年生草本。产于中国江苏、浙江、江西等地。花果期2—6月。叶子柔嫩，碧绿色，开淡紫色簇生小花，花形如细长酒杯状，相拥而开，特别漂亮。为常用传统中药之一，由于与历史上的大将军韩信同名而名声响亮。全草入药。物语：疏影寒天，花开紫苑。

旱金莲

红似云霞黄似金，绿似翠玉粉似银。
放眼疑是天涯近，细赏荷举半个春。

旱金莲，别名：金莲花、旱荷、旱莲花、金丝莲、荷叶七、大红鸟。旱金莲科，旱金莲属，一年生肉质草本，蔓生。原产于南美秘鲁、巴西等地，现已经广泛引种栽培。花期6—10月，果期7—11月。碧绿色叶子呈圆盾形，挺扩如碗莲，花托杯状，有黄色、紫色或杂色等，香气四溢。全草入药，嫩茎叶可以食用。物语：柔若春风，神采生动。

合欢

冲霄之志长千里,浪淘风流花先知。
偏是合欢讲义气,独将相思剪成丝。

合欢,别名:马缨花、夜合欢、夜合树、绒花树、乌绒树、扁花树。豆科,合欢属,落叶乔木。产于中国东北至华南及西南各省区。花期6—7月,果期8—10月。多为城市行道树和观赏树。花柔情似水,丝丝缕缕粉如胭脂,风姿绰约,婉约可人。叶子翠绿,宛如飞羽,日开夜合,有两两相对之美意。树皮供药用。物语:此生无两,情深意长。

荷包牡丹

千姿百态晚春天，荷包牡丹轻盈还。
北斗七星侧目看，竟无月光肯安眠。

荷包牡丹，别名：荷包花、活血草、鱼儿牡丹、土当归、耳环花。罂粟科，荷包牡丹属，直立草本。产于中国北部（北至辽宁），分布于河北、甘肃、四川、云南。花期4—6月。地下块茎强壮如同当归，叶子似牡丹，花朵玲珑如荷包，故得名荷包牡丹。开花时珠圆玉润，悬挂于枝头，美轮美奂。全草入药。物语：柔柔花瓣，裹住夏天。

荷花玉兰

截花取势广玉兰,无拘无束美上天。
风和日丽细心看,从此敬畏大自然。

　　荷花玉兰,别名:广玉兰、洋玉兰、泽玉兰。木兰科,木兰属,常绿乔木,在原产地高达30米。原产于北美洲东南部,中国长江流域以南各城市有栽培。花期5—6月,果期9—10月。树形美观大方,叶子碧绿而有光泽,花朵大,芳香馥郁。花先于叶开放,满树花朵洁白如雪,花团锦簇,令人赏心悦目。叶、幼枝和花可提取芳香油,叶可入药。物语:皎洁如月,富贵聚合。

荷兰菊

不曾起舞又何妨,遥远留得岁月长。
步行无须青山杖,柳叶菊伴秋风忙。

荷兰菊,别名:纽约紫菀、荷兰紫菀、紫菀、柳叶菊。菊科,紫菀属,多年生宿根草本。原产于北美、北半球温带,现世界各地已经广泛栽培。花期8—10月。植株强健丛生,叶子浓绿色,适应力强,见土就长,枝条呈弓状或俯垂状。花色丰富,鲜艳夺目,优雅美丽。因精致而经常登堂入室,自成体系。物语:日月两盏,照亮心间。

荷青花

长长长的是乡愁，短短短的叫春秋。
荷青花说开个够，野生野长野丰收。

荷青花，别名：补血草、拐枣七、鸡蛋黄花、水菖兰七、乌筋七。罂粟科，荷青花属，多年生草本。产于中国东北至华中、华东，分布于朝鲜、日本、俄罗斯东西伯利亚。花期4—7月，果期5—8月。羽状叶子呈现翠绿色，含有黄色汁液。黄色小花，迎风摇曳，非常美丽。根茎药用，具祛风湿、止痛、舒筋活络等功效。物语：山野侠骨，大有用处。

鹤顶兰

风流大地如摇篮,轻摇走心鹤顶兰。
感动之余忽发现,绿叶和花都新鲜。

鹤顶兰,别名:鹤兰、猴兰、大白芨。兰科,鹤顶兰属,多年生草本。产于中国台湾、广东等地,广布于亚洲热带和亚热带地区以及大洋洲。花期3—6月。植株挺拔直立,叶子宽大,翠绿色,花葶之上的花朵亭亭玉立,红白黄融为一体,如飞鹤起舞,造型美观,优雅知性。花形别具一格,色彩丰富,味道芳香。物语:风与美丽,翩然而至。

鹤望兰

自然品味有多甜,且看天下鹤望兰。
接受风雨大挑战,傲然屹立不服软。

　　鹤望兰,别名:天堂鸟、极乐鸟花、并头莲。芭蕉科,鹤望兰属,多年生草本。原产于非洲南部,野生种由欧洲驯化栽培,现广泛种植于热带和亚热带地区。花期冬季。叶片优美,株型细长挺拔,花朵簇生,有大红色、橙红色或者金黄色,配搭少许紫蓝色,高雅别致,魅力十足。为主要鲜切花品种。物语:幸福满满,超越极限。

红萼龙吐珠

秋色又添留春雨，催开红萼龙吐珠。
风流只顾花情绪，哪管绿叶择枝苦。

红萼龙吐珠，别名：红花龙吐珠、红萼珍珠宝莲、美丽龙吐珠。马鞭草科，大青属，常绿木质藤本。原产于非洲。观赏期全年，1—3月赏花萼，盛花期9—12月。生长迅速，蔓性强，叶面暗绿色，有紫褐色叶脉。开花时，三片紫红色萼片轻轻合拢，大红色花瓣儿吐出萼外，托出细长花蕊，好似红龙抬头吐珠，有趣而美丽。物语：四季芬芳，相思荡漾。

红粉扑花

天高地阔风当家,流云染红粉扑花。
丝丝入扣简约画,人间物语非流沙。

红粉扑花,别名:四叶红合欢、粉红合欢。豆科,朱缨花属,半常绿灌木。原产于墨西哥至危地马拉一带,中国华南地区引种栽培。花期长达11个月。在正午或晚上,其叶子和花朵均会闭合起来。花朵由密集且细长的花丝聚合而成,非常像化妆用的粉扑。叶子如羽,翠绿美观,花朵热烈如火,红绿相间,百看不厌。物语:思绪绵绵,极度喜欢。

红花

繁华正荣看流年，红蓝花间享清欢。
计较太多成羁绊，雅量无边大地宽。

红花，别名：红蓝花、刺红花、草红花、藏红花。菊科，红花属，一年生草本。原产于中亚地区，中国栽培历史悠久。花果期5—8月。茎直立，花冠橙红微黄，花管狭细，美艳之极。花含红色素，是中国古代用以提供红色染织物的色素原料。古人还把红花浸入淀粉中，用以制做胭脂。花朵入药，为常见的中药材，具有活血、润燥等功效。物语：志存高远，受命于天。

红花檵木

花开花落任天择,平白无故风雨多。
红花檵木无惧色,枝头艳光美如歌。

红花檵木,别名:红檵木、红花继木、红桎木。金缕梅科,檵木属,灌木或小乔木。分布于湖南、广西,中国南方广泛栽培。花期4—5月。枝繁叶茂,株型美观大方,新叶初始鲜红色,不同株系成熟时叶色、花色各不相同。开花时节繁花似锦,极为壮观。造型可随心所欲,耐修剪、耐蟠扎。花、根、叶可药用。物语:富贵到家,接收荣华。

红花西番莲

秋来秋去秋初寒,火了红花西番莲。
大起大落大好看,有模有样有新鲜。

　　红花西番莲,别名:洋石榴、紫果西番莲。西番莲科,西番莲属,多年生藤本。原产于委内瑞拉、圭亚那、巴西等热带美洲地区,中国云南引种较早。花期春至秋季,以春夏最盛。喜高温湿润气候,要求光照充足。花朵硕大,绚丽夺目,被称为陆地上的莲花。适合棚架、花架、绿廊、栅栏及庭园种植观赏。物语:美好憧憬,未来成功。

红花羊蹄甲

冷月寒光夜飞花,海浪冲出半壁霞。
云欲出岫天容纳,日照红花羊蹄甲。

红花羊蹄甲,别名:红花紫荆、洋紫荆、艳紫荆。豆科,羊蹄甲属,乔木,高6~10米。产于亚洲南部。花期11月至翌年4月。1880年,在中国香港被首度发现,为香港标志性花卉。因其花红色,又因其为羊蹄甲属,故而得名。叶状如羊蹄,花大如掌,花瓣形如兰花,红色或紫红色,略带芳香,十分美观。根、皮、花可入药。物语:合家团圆,幸福美满。

物语集

花卉类

A

阿尔泰贝母	物语:平等关系,彼此珍惜。

B

白刺花	物语:风雨历练,强大资产。
白杜	物语:林木知心,静待缘分。
白鹤芋	物语:千帆过尽,还原本真。
白花油麻藤	物语:物语之家,色彩神话。
白菊	物语:寒霜起时,月落琼脂。
白兰	物语:冰雪精华,品质无瑕。
白瑞香	物语:脱俗高雅,祥瑞到家。
白头翁	物语:逸生之欢,流连忘返。
百合	物语:时光如梭,爱难割舍。
百日菊	物语:付出真情,赢得尊敬。
百子莲	物语:开于盛夏,宁静优雅。
败酱	物语:徒有其名,温和安静。
薄荷	物语:如此味道,何等美妙。
宝铎草	物语:灵光闪动,钟爱一生。
报春花	物语:灿烂夺目,如火如荼。
报春石斛	物语:脱颖而出,美至无语。
贝壳花	物语:水月笼天,独爱新鲜。
碧桃	物语:巧夺天工,回味无穷。
扁豆花	物语:美之绿篱,爱至心底。

C

彩苞凤梨	物语:红山绿海,随风而来。
侧金盏花	物语:天池寒玉,风韵十足。
插田泡	物语:乡村快乐,天赐之作。
长春花	物语:色泽艳丽,不可复制。
长花金杯藤	物语:大而美丽,婀娜多姿。

茶梅	物语：雪中朱砂，盖无其他。
茶树花	物语：千秋茶花，流芳万家。
赪桐	物语：相悦相承，必可成功。
雏菊	物语：别具一格，见者喜悦。
穿心莲	物语：时空流转，初心不变。
垂枝红千层	物语：三生石前，大爱无言。
垂花水塔花	物语：轻盈别致，跃跃欲试。
垂茉莉	物语：寒来暑往，历久弥香。
垂丝海棠	物语：柔乱心弦，粉动摇天。
刺槐	物语：拾穗香酥，扑人眉宇。
刺桐	物语：深红待绿，个中情趣。
翠菊	物语：渲染秋色，花开不谢。

D

打破碗花花	物语：美丽谎言，保住花仙。
大百合	物语：倦飞知还，生活简单。
大花葱	物语：细微成功，肃然起敬。
大花蕙兰	物语：顺应民俗，迎春接福。
大花马齿苋	物语：美如花仙，妙不可言。
大花萱草	物语：千姿百态，奉献大爱。
大花亚麻	物语：点滴深情，贯穿始终。
大花紫薇	物语：不言不语，幸运光顾。
大火草	物语：缘结众芳，大爱至上。
大丽花	物语：华丽大方，为美守望。
大蔓樱草	物语：向阳规律，独家艺术。
大薸	物语：见水就长，天生天养。
大石龙尾	物语：水种水收，出入自由。
大岩桐	物语：花开荣光，福气绵长。
倒挂金钟	物语：深情款款，相思漫卷。
地中海蓝钟花	物语：深海之恋，抱香成团。

帝王花	物语：物换星移，天之骄子。
棣棠花	物语：珠花斜挂，天之风雅。
吊兰	物语：上天厚爱，生命精彩。
钓钟柳	物语：花开一片，碧海青天。
顶冰花	物语：花有奥妙，生存有道。
兜兰	物语：风姿绰约，质朴生活。
杜鹃	物语：花好月圆，精彩满天。
杜梨	物语：苦中有乐，开花结果。
多花野牡丹	物语：清新自然，山野礼赞。

E

蛾蝶花	物语：斜阳如水，风物正美。

F

番红花	物语：风中顾盼，繁星点点。
飞燕草	物语：清静安宁，自由如风。
非洲菊	物语：生活精彩，互敬互爱。
非洲凌霄	物语：住进心底，相亲相依。
肥皂草	物语：云端之色，甘为余雪。
粉苞酸脚杆	物语：如此倒悬，如梦如幻。
粉葛	物语：物尽其用，花尽随风。
风铃草	物语：美好憧憬，长系风铃。
风信子	物语：早春漫卷，新款欲先。
蜂室花	物语：花开流芳，静闻花香。
凤凰木	物语：强烈渲染，不留遗憾。
凤尾丝兰	物语：剑有柔情，蜜意丛生。
凤眼蓝	物语：活得铺张，求生力强。
佛肚竹	物语：开阔眼界，胸怀未来。
浮萍	物语：自由活动，萍水相逢。

G

珙桐	物语：执着前行，历史作证。

狗牙花	物语：肆意生长，纵情开放。
枸杞	物语：破空而出，无意夺目。
瓜叶菊	物语：碎金花月，冬奈我何。
光叶子花	物语：山之品德，风之卓越。

H

海菜花	物语：湖波悠长，水中独芳。
海桐	物语：玉雪红珠，惊彩结局。
海芋	物语：碧叶连绵，绿浪接天。
海州常山	物语：明月清风，泰然一生。
含笑花	物语：花开芳香，不忍天凉。
韩信草	物语：疏影寒天，花开紫苑。
旱金莲	物语：柔若春风，神采生动。
合欢	物语：此生无两，情深意长。
荷包牡丹	物语：柔柔花瓣，裹住夏天。
荷花玉兰	物语：皎洁如月，富贵聚合。
荷兰菊	物语：日月两盏，照亮心间。
荷青花	物语：山野侠骨，大有用处。
鹤顶兰	物语：风与美丽，翩然而至。
鹤望兰	物语：幸福满满，超越极限。
红萼龙吐珠	物语：四季芬芳，相思荡漾。
红粉扑花	物语：思绪绵绵，极度喜欢。
红花	物语：志存高远，受命于天。
红花檵木	物语：富贵到家，接收荣华。
红花西番莲	物语：美好憧憬，未来成功。
红花羊蹄甲	物语：合家团圆，幸福美满。